ぼくたちのおばけ沼《ぬま》

「ひとりぼっち」の友情物語

中村 淳 著
藤本四郎 絵

汐文社《ちょうぶんしゃ》

もくじ

一　シュウマイ事件《じけん》

二個《にこ》のシュウマイから、それは始《はじ》まった。

ヒロアキを知ったのは五年生になったときだった。

ぼくが東京《とうきょう》から大阪《おおさか》の郊外《こうがい》にある小さな町に引っこしてきて、まもなくのことだ。

ヒロアキのことは、クラスだけでなく、学校全体《ぜんたい》でも有名《ゆうめい》らしかった。日に焼《や》けて黒い、大きくガッシリとして腕《うで》も太い、ギョロリ目玉で相手《あいて》を見すえる。言っちゃ悪《わる》いが、ホラー映画《えいが》の半魚人《はんぎょじん》にどこか似《に》ている。気に入らないことがあると、すごんで見せる。勉強《べんきょう》はできるほうではなかったし、体育《たいいく》もそうだった。なにしろ先生の言うことを聞かないのだから、そうなるのはあたり前。鉄棒《てつぼう》から落《お》ちたり、飛《と》び箱《ばこ》にぶつかってうめいたりする。それを見て笑《わら》ったら、だれかれかまわず、つっかかってくる。

すべてがそんなふうだから、友だちもいなかったし、ハッキリ言ってクラスのきらわれもの。先生も持《も》てあましぎみなのが見え見えで、それは転校生《てんこうせい》のぼくにもすぐにわかるほどだ。


そんなことが続《つづ》いたせいか、ほんとうに体調《たいちょう》がよくないせいか、ヒロアキは体育《たいいく》を休むことが多くなっていった。

ぼくは教室ではヒロアキのほうをなるべく見ないようにした。みんながするように、近づいてくると顔をそむけて、相手《あいて》にならないことにした。さっさとあっちへ行けと心で願《ねが》いつづける。ヒロアキのことをまだよく知らなかったし、イヤな目にあわされたわけでもなかったけれど、いちおう、みんながするようにしておこうと思ってしていただけのこと。あえて話しかける気にもなれなかったし。

そんなある日、給食《きゅうしょく》にシュウマイが二個《にこ》ついてきた。おいしそうだったので、いちばんあとに食べようと残《のこ》していた。するど、だれかが後ろから近づいてくる気配《けはい》。いつものように、ぼくはわざと窓《まど》のほうを向《む》いて、早くあっちに行けと心でいのる。しかしその日にかぎって、あいつは近づいてくるのをやめなかった。

後ろからにゅうっと腕《うで》をのばしてきて、シュウマイをわしづかみに！

「食わへんのなら、おれにくれや、ええやろ？」

うむを言わさぬドスのきいた声。

みんなの目は、いっせいにこちらに向《む》けられ、どうなるのかハラハラしているよう。

「な、ええやろ？」

ぼくはびっくりするやら、おそろしいやらで、声のほうを向《む》くことさえできない。

「おい、聞いてんのか！」

となり席《せき》のアヤカが、そっとぼくの腕《うで》を引っぱったけれど、こおりついた

ように動《うご》けなかった。

「ちょっとヒロアキ。あんた、やめたりや。イヤがってるやないの。」

見かねたようなアヤカの声を、頭の後ろで聞いた。

「うるさく言うんなら、おまえのでもええぞ。」

と、すごんだ声がした。

そうして、まわりこむようにして前に来ると、これでもかとぼくの顔をのぞきこんでくる。

「もらうけど、ええやろ、な?」

どう見てもきれいとは思えないごつい手につかまれたものを、今さらとりかえして口に入れる気にもならない。

じっと怒《いか》りにたえてだまっていると、

「ありがとな。」

まっすぐ上を向《む》いて、大きく開《あ》いた口の中にふたつとも落《お》としこんだ。ぐちゃぐちゃと大げさに口を動《うご》かしてみせながら顔をこちらに向《む》けてくる。それは小さな子どもが見せる満足《まんぞく》の笑《え》みのよう。その思いもしなかった顔を見て、つかみかかるタイミングをのがしてしまった。いや、最初《さいしょ》からその勇気《ゆうき》さえなかったかもしれない。

ぼくはひどくあせった。

このままでは、この新しい学校でも、ぼくはなめられ、弱虫のレッテルをはられ、みんなはそんな目でしか、こちらのことを見なくなってしまう。いったんそうなると、みんなは魚の群《む》れのようにひとつのかたまりになって、ぼくをはじきだしてしまうんだ。遊《あそ》びにさそってくれなくなるだけでなく、だれもぼくの言うことを本気で聞かなくなるし、ろうかを歩いていると、いきなり後ろから飛《と》びゲリを食らわせておいて平気《へいき》な顔のやつも出てくる。おまけにグループの話しあいでもムシされる。

転校《てんこう》が決《き》まったときも、いつものお別《わか》れ会はしてもらえなかった。寄《よ》せ書きだけはくれた。そんなときだけ、形だけの気をつかわれても、そらぞらしいばかり。「さみしくなるけど、向《む》こうでもがんばってください」などと書かれてあるのが目に入ってきたけれど、さみしいわけないだろ。本気でがんばれと応援《おうえん》してるわけないだろ。そんなこんなで、引っこしのときにどこかにまぎれてしまったのを、さがしだして読みなおす気にもなれなかった。もう、同じまちがいをくりかえしてはいけない。

大げさだと笑《わら》われるかもしれないけれど、命《いのち》をかけてでも、自分を変《か》えないとマズイことになるぞと、ここで一大決心《いちだいけっしん》をするしかなかった。

ぼくはゆっくり立ちあがった。

シュウマイを食べて席《せき》にもどったヒロアキの肩《かた》をおしのけ、あいつのパンを半分ちぎってぐいぐいと自分の口におしこんだ。おどろきでまん丸に見ひらかれた目が「おいウソやろ」と言っている。さっきのに負《ま》けないくらいに、思いっきりニヤリと笑《わら》った顔をあいつに向《む》けてやった。今までヒロアキに向《む》かって、そんなことをするやつはだれもいなかったようだ。

転校《てんこう》してきたばかりのよそものとヒロアキとの一騎打《いっきう》ち！

なりゆきを見まもるみんなが、大ゲンカになるぞと身《み》がまえるのがわかった。

しかしそうはならなかった。ヒロアキはうすら笑《わら》いをうかべると、ゆっくりと教室から出ていった。

アヤカが胸《むね》のあたりで、だれにもわからないように、そっと小さく手をたたいているのが、ぼくの目に入ってくる。小がらで目鼻《めはな》だちのくっきりとした、クラスの人気ものの女子だった。そっとぼくに言った。

「体育《たいいく》の時間は見学してることが多いから、悪《わる》い病気持《びょうきも》ってるかもしれへん。胸《むね》が苦《くる》しそうにセキしてるし、うつされんよう気をつけたほうがええよ。」

担任《たんにん》は若《わか》い女性《じょせい》の山中《やまなか》先生で、職員室《しょくいんしつ》に用事《ようじ》があるからと席《せき》をはずしていなかった。そのわずかな間のできごとだった。

二　ヒロアキのひみつ

その日は、早朝から目が覚《さ》めた。
家でグズグズしていてもつまらないので、そうそうに学校に行くことにした。
商店街《しょうてんがい》のアーケードをぬけていく。いつもはにぎやかな通学路《つうがくろ》も静《しず》かだったし、公園で遊《あそ》んでいるものもいない。学校に向《む》かいながら、いっしょに登《とう》校《こう》する友だちもまだできないのだ、と思った。
転校《てんこう》してきて、初《はじ》めのころこそ、みんなは好奇心《こうきしん》でぼくに近づいてきた。

上野動物園《うえのどうぶつえん》のパンダ、ディズニーランド、ジブリの森《もり》などの有名《ゆうめい》な場所《ばしょ》の話を聞きたがったが、そのどこにも行ったことがなかった。みんなの興味《きょうみ》は、潮《しお》が引くように一気に消《き》えていき、期待《きたい》にこたえられないタイクツなどうでもいいヤツになって、すみに追《お》いやられていった。

そんなことを考えながら、校庭《こうてい》を横切《よこぎ》って校舎《こうしゃ》に向《む》かう。

朝早いので、まだ教室のカギがかかったままかもしれない。

ぼくは中庭《なかにわ》のほうへとぶらぶらと足を向《む》けた。

校舎《こうしゃ》に囲《かこ》まれた中庭《なかにわ》には、手入れされた花《か》だんやら、アサガオなどの学習《がくしゅう》用《よう》の植物《しょくぶつ》を植《う》える小さな畑《はたけ》やらがあり、すみっこにわすれさられたようにぽつりと池があった。水上には丸いハスの葉《は》がいくつもあって、その下を赤いフナのような金魚が群《む》れで泳《およ》ぎまわっている。

ほかにすることもないので、ひまつぶしに金魚でもながめるつもりだった。

すると、池をのぞきこんでいる、ひとりの男子を見つけた。深《ふか》くしゃがみこんで、今にも転《ころ》がりおちそうなほどに熱心《ねっしん》にのぞきこんでいる。

ヒロアキだ……。

だれもいない早朝の池で、あいつはいったいなにをやらかすつもりなんだ？

みんながだいじにしている金魚をつかまえる気かもしれない。

よし、それならこのぼくがしっかりと見とどけて、みんなに知らせてやろう。そう思って校舎《こうしゃ》のかげにかくれて、顔の半分を出し、見のがすまいと目をこらした。

ヒロアキはハスの葉《は》をよけて、池の底《そこ》をのぞきこむ。

いよいよ手をつっこんでつかまえるつもりなのだ。

すると、顔におだやかな笑《え》みがうかんだ。

ぼくはちょっとびっくり。それは教室では見せたことがない笑顔《えがお》。

あいつはしばらくそうしていたが、なにもせずに、そのまま教室のほうへと引きあげてしまった。

そっと、ヒロアキがいた場所《ばしょ》まで行ってみた。

金魚たちは沖《おき》の安全《あんぜん》な場所《ばしょ》で群《む》れていて、そこにはまったくいなかった。

あいつはなにをしてたんだろ？

しゃがみこんで、同じようにハスの葉《は》をそっとよけてみる。

そこには、一匹《いっぴき》の、みごとなザリガニ。赤黒い大きなハサミを持《も》った、見るからに強そうなやつ。びっくりしたようにハサミをふりあげた。

でも、どうして満足《まんぞく》そうな笑《え》みをうかべたんだ？

自分でつかまえたのを、この池に放《はな》したにちがいないのだ。そして毎朝、だれもいないときに会いにきている。みんなが知らないヒロアキの秘密《ひみつ》を、ぼくは知った。

しかし待《ま》てよと思う。

強い金魚はまだいいけれど、弱い金魚はザリガニに食べられてしまう。みんながたいせつにしている金魚だから、これはよくないことだ。だから もし、このことが知れたら大さわぎになる。あいつは先生からこっぴどくしかられるし、みんなからも、もっともっときらわれる。でもそんなこと、こっちの知ったことじゃない。

みんなに知らせなければ。

よくぞ知らせてくれたと先生はほめてくれるだろう。ぼくのことはヒロアキには言わないように先生にたのめば、あいつにうらまれることもないし、もしバレて広まったとしても、あいつにきらわれることはあっても、みんなからは感謝《かんしゃ》され、好《す》かれることになる。この新しい学校でさっそく一目《いちもく》おかれる。

よし、今から職員室《しょくいんしつ》に行って先生に話そう。

そう思って、もう一度《いちど》たしかめるようにザリガニを見おろした。こんどは大きなハサミを前にそろえたままでじっと動《うご》かない。すみに追《お》いやられている。沖《おき》の金魚の群《む》れはにぎやかで、はなやかで、わがもの顔で泳《およ》ぎまわっている。そんな群《む》れからは、明るい力が池全体《ぜんたい》に広がっていくようだ。それにひきかえ、ザリガニには、ぎゅうっと一点で濃《こ》くなった静《しず》かなチカラが感《かん》じられた。

ふと、教室のみんなの顔が、群《む》れる金魚に重《かさ》なって見えてきた。

この池は教室だと思った。ザリガニはヒロアキなのだ。もうひとりのヒロアキなのだ。

ぼくは群《む》れのほうに早く入りこみたいと願《ねが》った。

みんなと教室をわがもの顔で泳《およ》ぎまわりたい。でも、先生に告《つ》げ口するのは、あまりよいことではない気がしてきた。それにすぐに告《つ》げ口するやつだと思われては、やはり群《む》れには入れてもらえない。そんなことも頭をよぎった。
金魚が食べられて、さわぎになるまで、だまっていようと決《き》めた。

三　フナ釣《づ》り大作戦《だいさくせん》

東には青い山々が連《つら》なり、てっぺんに立ちならぶアンテナが針《はり》のようにくっきり見えている。南に目をやれば、大阪平野《おおさかへいや》を横切《よこぎ》る大きな川の土手《どて》が一本の緑《みどり》のすじのようだ。

ぼくの目の前には、どこまでも田畑《たはた》が広がっていた。春が終《お》わりつつある季節《きせつ》のすきまのせいか、畑《はたけ》に作物《さくもつ》はあまり見あたらず、ただ平《たい》らな白っぽい地面《じめん》が続《つづ》いている。

田んぼには赤いレンゲソウがびっしりしきつめられたようだ。見あげると、あちらこちらで、雲に届《とど》くくらいにヒバリが高く上がって、ぺちゃくちゃとおしゃべりするようにさえずっている。

そんなのどかな田畑《たはた》のいちばん奥《おく》に「おばけ沼《ぬま》」とよばれる大きなため池があった。

夜な夜な、おそろしげなデカい怪魚《かいぎょ》が、ゆっくりと泳《およ》ぎながらエモノをあさる。そんなウワサのある大きな沼《ぬま》だった。近所《きんじょ》の中学生が、水浴《みずあ》びに来ていた小鳥がおそわれるのを見たと、興奮《こうふん》して話しているのを聞いたことがあった。

いったいどんな魚だろうと興味《きょうみ》はあったけれど、気持《きも》ち悪《わる》くて、自分の手でつかまえてみたいとは思わなかった。

その沼《ぬま》から一本の川が流《なが》れでている。さらさらと流《なが》れる小川ではなく、よどみがちでどんよりとした川だ。田畑《たはた》に水を入れるときには、きっと水量《すいりょう》も多くて流《なが》れも速《はや》いのだろう。その小川をずっと下ったところには、川の一部《いちぶ》がせきとめられた小さな池があった。

その小さな池と小川が、ぼくの遊《あそ》び場になった。

そこまで遊《あそ》びに来るものはあまりいなかった。ゲームしたり、スイミングスクールやサッカークラブとかの習《なら》いごとがいそがしかったりするのだ。近くに自由《じゆう》に使《つか》える運動《うんどう》広場があるので、友だちとサッカーボールをけりにいったり、野球《やきゅう》をしたりするものも多いようだった。中には英語塾《えいごじゅく》に通っているのもいる。中学から始《はじ》めたのではおそいとか聞いた。

ぼくは習《なら》いごともしていなければ、ゲーム機《き》も持《も》っていなかった。買おうとすると、お母さんがゼッタイ反対《はんたい》とさけぶので、あきらめるしかないのだ。それに広場にさそってくれる友だちも、まだいなかった。そのせいもあって、ひとりでもできる釣《つ》りに、ぼくは興味《きょうみ》を持《も》った。

東京《とうきょう》にいたときは釣《つ》りをしようにもできなかった。身近《みぢか》に自然《しぜん》らしいものはまったく見あたらなかったのだ。川という川はすべてコンクリートでかためられた下水溝《げすいこう》で、池は柵《さく》があって近づくことさえできない。田畑《たはた》もなければ、空き地もない。

でも、ここは都会《とかい》ではないせいなのか、なんて言うか、すべてがテキトーでゆるい感《かん》じが気に入っていた。

そんなある日のこと……。

生まれて初《はじ》めて、釣《つ》りザオを持《も》って池に出かけることにした。

準備《じゅんび》はすっかりできていた。

本屋《ほんや》で『子どもでもわかる釣《つ》りの本』というのを見つけ、すぐに買ってすみずみまで読んだ。小学校の向《む》かいにある小さな釣《つ》り道具屋《どうぐや》で、釣《つ》りザオと、仕掛《しか》けと、エサを買った。ウドンの切れっぱしでもいいらしいが、フナ釣《づ》り用の練《ね》り餌《え》をちゃんと買った。

ぼくは新品《しんぴん》の釣《つ》り道具《どうぐ》を手にして、わくわくしながら出かけた。

太陽《たいよう》にほされて白茶《しらちゃ》けた土がむきだしの畑《はたけ》が広がり、一本のあぜ道を歩いていく。意気《いき》ようようと奥《おく》まで行きつくと、こんもりとした雑木林《ぞうきばやし》が目に入ってくる。小鳥のさえずりや風のそよぎを耳にしながら、立木《たちき》をぬうようにして入りこむ。冬の間に積《つ》もり積《つ》もった落《お》ち葉《ば》を、もあもあとふみしめながらしばらく行くと、やがて小さな池が見えてきた。


すでに釣《つ》りをしている人影《ひとかげ》がひとつあった。

その男は岸辺《きしべ》にどっしりと座《すわ》りこみ、つばの広い麦わら帽子《ぼうし》、首には白い手ぬぐい、ウキを見つめる静《しず》かな気配《けはい》……ベテランの釣《つ》り師《し》だ。なれた手つきでエサを針《はり》につけると、長いサオを軽《かる》くひとふり、ぽちゃりと仕掛《しか》けを投《な》

げこみ、じっとウキを見ている。

だれだろうと近づいてみると、なんと、それはヒロアキだった。

なにがベテラン釣《つ》り師《し》だ。

あんなヤッカイなやつとは関《かか》わりあいたくもない。まわれ右をして家に帰ろうかとも考えたけれど、それもしゃくだ。もし声をかけてきたら完全《かんぜん》にムシすればいいだけのこと。

うんと大きいのを釣《つ》って、びっくりさせてやろうと決《き》めた。

本をすみからすみまでなんども読んで、そのとおりにしっかりと準備《じゅんび》してきたし、もちろん釣《つ》りかたもすべてちゃんと頭に入っている。もしテストであれば百点満点《ひゃくてんまんてん》まちがいなしだ。そう自分を勇気《ゆうき》づけながら、ヒロアキから は少しなれたところで、なおかつ、ぼくが大物《おおもの》を釣《つ》りあげるのが、あいつからよく見える場所《ばしょ》を選《えら》んで岸《きし》に立った。

練《ね》り餌《え》をていねいに針《はり》につける。釣《つ》りザオを大きくふって、仕掛《しか》けを池に放《ほう》りこむ。

細長いウキが、すっと立つ。

よし、いいぞ。

ここまでは大成功《だいせいこう》。糸がもつれることもなかったし、針《はり》が指《ゆび》にささることもなかった。あとはフナが食いつくのを待《ま》つばかり。

今か今かとウキをじっとにらみつけながら待《ま》ちつづけた。

まったく本に書かれたとおりに進《すす》んでいる。この調子《ちょうし》で、あいつより先に釣《つ》りあげるのだ、ゼッタイに。

しかし、いつまでたってもウキはぴくりとも動《うご》かない。釣《つ》りの本によると、フナは練《ね》り餌《え》が好《す》きで、遠くからでもかぎつけて、たまらずに食いつくはず……だった。

釣《つ》りザオを立てて仕《し》掛《か》けを持《も》ちあげてみたが、練《ね》り餌《え》はちゃんと針《はり》についている。仕《し》掛《か》けを池にもどしながら、この池にフナはいないんだと考えた。

そのとき、ひゅんと空気を切りさく音がした。見ると、ヒロアキの釣《つ》りザオが満月《まんげつ》のように引きしぼられ、サオ先がこまかくふるえている。糸がぴんとはられ、水面《すいめん》に魚の顔が見えてばしゃばしゃとあばれた。やがて手網《てあみ》におさまったのは大きなフナ。そいつを高々と上げてこちらに見せながら、小さな子どものような満面《まんめん》の笑《え》みになった。

しばらくあっけにとられて見ていたが、しだいに胸《むね》が敗北感《はいぼくかん》にそめられていくのを、ぼくはどうしようもできなかった。

あんなやつに負《ま》けてたまるかと、頭はシャカリキになって考えはじめる。行きついた考えは、フナは目が悪《わる》くてエサがよく見えないのかもしれない、というものだった。

ならばカンタンだ。

新しい練《ね》り餌《え》を、これでもかとたっぷりと盛《も》りつけて、いざ仕掛《しか》けを投《な》げこもうとする。と、ヒロアキの声が飛《と》んできた。ムシしてやろうとしたが、なんども大きな声でこちらのことをよぶので、しかたなくちらりと目をやった。

あいつは釣《つ》りザオを高く上げて、仕掛《しか》けをこちらに見せている。

しきりにウキから下を指《ゆび》さしながら、なにか言っているようす。よくよく見ると、仕掛《しか》けはウキから下の針《はり》までの糸がずいぶん長い。この池は思った以上《いじょう》に深《ふか》いらしい。

ウキ下を長くして、ヒロアキと同じにして、しゃくだなと舌打《したう》ちしながら仕掛《しか》けを池に投《な》げこんだ。

ふたつの人影《ひとかげ》を池にうつしこんで、静《しず》かな時間だけが流《なが》れていった。

しばらくして、ふっとウキが消《け》しこむように見えなくなる。

「あれっ……。」

ひょっとして、これがアタリ？

あたふたしながらも、なんとか合わせをくれる。

ツンと手ごたえがあって、ぶるぶると魚の命《いのち》が伝《つた》わってくる。

水しぶきが飛《と》びちって、大空に向《む》かって歓声《かんせい》をあげた。それはひとりだけの歓声《かんせい》ではなかった。

四　野生のチカラ

小学校から帰るとヒロアキをさそいにいく。
住宅地《じゅうたくち》のはずれにある、古ぼけた二階《にかい》だての集合住宅《しゅうごうじゅうたく》まで自転車《じてんしゃ》で行く。
鉄《てつ》の階段《かいだん》はサビだらけだし、ろうかにはところせましと洗濯物《せんたくもの》がほしてあったりで、あまり裕福《ゆうふく》な暮《く》らしでないことは、なんとなくわかるけれど、ぼくはそんなことはどうでもよかった。フナを釣《つ》ったり、ザリガニを釣《つ》ったりして、暗《くら》くなるまで夢中《むちゅう》で遊《あそ》ぶのだ。
だからいつも宿題《しゅくだい》はあとまわし。
遊《あそ》びつかれて、漢字《かんじ》の練習中《れんしゅうちゅう》にねむってしまうこともよくあった。それで
ヒロアキのお母さんは、ぼくと遊《あそ》びまわるのをあまりよく思っていないよう
で、家にさそいにいくたびに、
「あかん、あかん。ちゃんと宿題《しゅくだい》すませてから、さそいにきてや。」
といやな顔を向《む》けてくる。小さくてやせたお母さんだ。
ぼくたちは、宿題《しゅくだい》をしてからだと暗《くら》くなって遊《あそ》べないからと、言うことを
聞かなかった。日が暮《く》れると田畑《たはた》はほんとうにまっ暗《くら》になって、自分の足も
とさえ見えないくらいだ。

「なあ母ちゃん。いつも言ってるけど、おそくなって暗《くら》くなると、ひっくりかえってケガするし、毒《どく》ヘビが出てくるし、知らないおじさんにさらわれるかもしれんし。それでもええのんか。」

と、ヒロアキはお母さんに向《む》かって生意気《なまいき》な口をきく。

あぜ道は草がはえてデコボコで、うっかりするとすぐに足をくじく。それだけではない。畑《はたけ》にはヘビがうじゃうじゃいるのだ。エサになるカエルやネズミがいっぱいだからで、毒《どく》ヘビのマムシにかまれて救急車《きゅうきゅうしゃ》で運《はこ》ばれた大人《おとな》もいるくらい。おまけに子どもがさらわれて行方不明《ゆくえふめい》になる事件《じけん》も、この場所《ばしょ》ではなかったけれど、テレビでニュースになっていた。

そんなこんなを言いつのると、やっとあきらめ顔になった。

「しゃあないなあ。わかったから、きょうは早く帰りや。あんたらもう五年生なんやから、勉強《べんきょう》はむつかしくなるし、宿題《しゅくだい》くらいちゃんとせなあかんで。お母さんは心配《しんぱい》や。わかったら早《は》よ帰ってきて宿題《しゅくだい》すること。」

ぼくたちは、ふたりそろって、

「ゼッタイすぐに帰るから！」

と、調子《ちょうし》のいい返事《へんじ》をした。

お母さんが行ってしまうと、ヒロアキはぼくに向《む》かって、人さし指《ゆび》を口にあててニヤリと笑《わら》った。心配《しんぱい》と言われようと、なんと言われようと、おもしろいものはおもしろい。東京《とうきょう》ではできなかった遊《あそ》びがここではできる。

ヒロアキの家の前の、小さな道を横切《よこぎ》ると、そこはもう広大な田畑《たはた》への入り口だ。

バケツと棒《ぼう》を持《も》って、せまいあぜ道を一列《いちれつ》になって歩いていく。自然《しぜん》に鼻《はな》歌《うた》がもれでてくる。

やがて、つきあたりに小川が流《なが》れているところに出た。体育《たいいく》の時間にやる走りはば跳《と》びで、なんとか向《む》こう岸《ぎし》に届《とど》くくらいの川。そして小川の向《む》こうには竹林《たけばやし》。いつも風にそよいでさらさらと気持《きも》ちのいい音を出している。手前の岸《きし》には草がうっそうとしげっていた。そこが最初《さいしょ》の狩《か》りの場所《ばしょ》。

さっそくゴム長ぐつの足で草むらをガサゴソやる。おどろいたバッタがいっぱい飛《と》びだしてくる。そんなのはムシして気にしない。さらにガサゴソやっているとカエルが飛《と》びだす。これこそがたいせつなエモノ。

小さなツチガエルは見のがしてやる。

大きなトノサマガエルが飛《と》びだしたときは、ふたりして追《お》いかけまわしてつかまえる。たいがいはカエルの動《うご》きをよく知っているヒロアキがつかまえてしまう。

「よっしゃ、半殺《はんごろ》しにするで。」

手の中であばれているのを、エイッとばかりに地面《じめん》に投《な》げつける。これがむつかしい。強く投《な》げつけると死《し》んでしまうし、弱いとそのままにげられてしまう。ちょっと気絶《きぜつ》するくらいがちょうどいい。これを一発《いっぱつ》で決《き》めるのがヒロアキは得意《とくい》。ぼくは手の中であばれるカエルが気持《きも》ち悪《わる》く

て、すぐに投《な》げつけてしまうので、うまくいかないことが多かった。落《お》ちついてやれば、なんでもないのにと笑《わら》われるが、気持《きも》ち悪《わる》いものは悪《わる》い。

「あのなあ、料理《りょうり》するまで殺《ころ》さずに、静《しず》かに生かしておくのがタイセツなんやで。家で食べる魚のサシミもいっしょや。な、わかるか？」

地面《じめん》の上で足をつっぱったまま動《うご》かなくなったカエルを、ぽいとバケツに放《ほう》りこむ。

「ふっくらしてうまそうなカエルやな。きょうはおもしろくなるでえ、ゼッタイやな。」

まっ黒な顔のヒロアキがうれしそうに笑《わら》った。もともと色が黒いうえに、さらに日に焼《や》けているので、笑《わら》うと白い歯《は》がくっきりと見えた。

小川にそって、ふたたび歩きだす。

くつ先で地面《じめん》をほりおこしながら歩いて、なるべく先のとがった石をさがす。すぐにいいのが見つかったのでヒロアキに見せると、

「こんなんじゃ、あかん。使《つか》いもんにならんで。」

ぽいと投《な》げすてられた。

「もっと、よく切れそうな石をさがさなあかんて、いつも言うてるやろ。」

ものおぼえが悪《わる》いなと言わんばかりに、ぼくの顔を見おろす。

前に来たときは、これくらいの石を使《つか》って料理《りょうり》していたくせにと、こちらはうらめしげな目になる。

「きょうは、この前とはちがうんやで。」

ヒロアキは続《つづ》ける。

「あのな、きょうのカエルは上物《じょうもの》や。だからもっと切れる石がええのんや。そのほうがうんと上等《じょうとう》のエサになるで。」

「アアわかった。」

ちょっとつまらない気分で地面《じめん》をけっていく。ぼくのすることをほめてくれることは、今まで一度《いちど》たりともなかった。


たしかに、ヒロアキは自然《しぜん》を相手《あいて》にして遊《あそ》ぶ天才だ。

なんでもできてしまう。それはカエルをつかまえて気絶《きぜつ》させるだけでなく、それをエサにしたザリガニ釣《つ》りはもちろん、池でのフナ釣《づ》りもスゴイ腕前《うでまえ》だ。

だれも釣《つ》れていないときでも、ヒロアキのビクだけはいつもいっぱい。生き物《もの》の気持《きも》ちがわかるのかもしれない。

それだけではなかった。

体も大きくて力もある。ひとかかえもある石を池に放《ほう》りこんで遊《あそ》ぶくらい朝メシ前。ぼくがマネしようとして池に落《お》ちたときは、太い腕《うで》でぐいとばかりに引きずりあげてくれた。

それはいいのだけれど、ただ、ときどきぼくを投《な》げとばすのだけはヤッカイだった。柔道《じゅうどう》の投《な》げ技《わざ》をやらせてくれとたのんでくる。今まで、なんど草むらに投《な》げとばされたことか。トモエ投《な》げを決《き》められたときは、足がふわりと宙《ちゅう》にういたかと思うと、青空と地面《じめん》がでんぐりがえってふしぎな感覚《かんかく》を味《あじ》わった。つぎの瞬間《しゅんかん》、深《ふか》い草むらにばさりと落《お》とされてバッタが飛《と》びちった。

どうやら、ぼくは体が小さいので投《な》げやすいらしいのだ。

朝礼《ちょうれい》のとき、ぼくは前から二番目にならぶが、ヒロアキは後ろから二番目だった。

大きくて強いだけでなく、カエルや人を投《な》げとばす手かげんも得意《とくい》なのだ。こちらの気分がムシャクシャしているのがわかると、トモエ投《な》げをかけてくるようになった。その手かげんがちょうどいいのか、投《な》げられたあとはウソのように気分がすっきりとした。

あるとき、おれを投《な》げとばしてみろと、やりかたを教えてくれたことがあった。投《な》げとばすというよりも、もつれあって畑《はたけ》にたおれこむだけになってしまい、

「これはトモエナゲとちゃうで、トモダオレや。」

と、あいつは腹《はら》をかかえて笑《わら》いころげた。学校で見るのとはまったくの別人《べつじん》

がそこにいた。

そんなことを思いだしながら、小川にそってヒロアキの大きな背中《せなか》の後ろを歩いていると、きゅうに立ちどまってしゃがみこむ。

「おい、この石がよさそうやな。そうは思わんか？」

とふりかえった。

その手には、先のとがった石がにぎられている。たしかにさっきのより、よく切れそう。

「ああ、そのとおりだよ。」

そう答えると、

「な、ええやろ。」

と満足《まんぞく》そうな顔になった。

その場で、ヒロアキは料理《りょうり》を始《はじ》める。

ぼくたちは、カエルをさばくことをそうよんでいた。とがった石をうまく使《つか》ってカエルをふたつに切りわけた。お母さんが見たら、ゼッタイに悲鳴《ひめい》をあげる。ぼくも初《はじ》めのころはこわかったけれど、いくども見ているうちに、それほどでもなくなった。だけど自分でやったことは、まだ一度《いちど》もない。

「ほれっ。」

ひとつが投《な》げてよこされる。

棒《ぼう》の先からのびたタコ糸に、水かきのある足首をしばりつけた。

「これでヨーシ。」

そいつをブラブラさせながら、ぼくたちは釣《つ》り場へといそいで行く。

いつもの小さな池を通りこして、しばらく行くと、川がやや広くなってくる。このあたりはさらに水がよどんで、緑色《みどりいろ》をして底《そこ》が見とおせない。おまけに岸《きし》は泥《どろ》でぬるぬるすべる。これがいいのだという。ザリガニがかくれる穴《あな》をほりやすい。だから大物《おおもの》がひそむとヒロアキは教えてくれる。

ぼくはさっそく仕掛《しか》けを投《な》げこんだ。ゆらゆらしずんでいく。糸をぴんとはりぎみにしながら、棒《ぼう》を岸《きし》の泥《どろ》にさしこんで立てた。こうやってアタリを待《ま》てばいい。

しばらくそうしていると、どこからともなく、同じクラスのテツヤがやっ

てきた。教室では目立たないほうだ。小さなイヌを連《つ》れている。

いきなりバケツをのぞきこんで、

「ゼンゼン釣《つ》れてへんな。」

とバカにした目で言った。そして、

「エサはなんや？」

と聞いてくる。

「うるさいなあ、なんでもいいだろ。」

ぼくは、ぷいっと横《よこ》を向《む》く。

「いいこと教えたろか。いろいろためしたけど、スルメがいちばんやで。」

テツヤの得意《とくい》げな声。

それを耳にしたヒロアキが、草むらのかげから、ぬうっとあらわれた。

「げっ、おまえもいたんか！」

「ほら、ええもん見せたろ。」

と、仕掛《しか》けを引きあげて鼻先《はなさき》につきつけた。

半分になったカエルを目にして、テツヤは顔をしかめた。

「そんなもん、ザリガニが食うのか？」

「アホか。おまえな、えらそうな顔してなんも知らんのやな。食いはダントツにこっちのほうがええんや。肉がちぎれたやわらかいところが好《す》きなんや。いったん食らいついたザリガニは、ちょっと引っぱったくらいでは放《はな》そうとはせん。だから、らくらくと釣《つ》りあげることができる。スルメはかたくてすぐに放《はな》してしまう。それに釣《つ》れるのは小物《こもの》ばかりや。」

「カエルつぶして気持《きも》ち悪《わる》うないんか？」

「ええわけないやろ。おまえホンキで大物《おおもの》を釣《つ》ろうとしたことないんやな。いつもテキトーでママゴトみたいな釣《つ》りしてたんやろ。たかがザリガニや思うてバカにしてるやろ。ちゃうか？　そんなんはザリガニにたいしてシツレイや。」

「言うてること、ようわからん意味不明《いみふめい》……。」

口の中でぼそぼそ言う。

「なんやてえ、もういっぺん言うてみろ。」

ぎょろりとにらみつける。

気まずい空気にたえきれなくなったように、やがてテツヤはイヌを連《つ》れていってしまった。

ぼくたちはまた釣《つ》りに集中《しゅうちゅう》していく。

ややあって、

「おい、引いとるで。」

見ると、糸がぴんと強くはられて、棒《ぼう》の先が引きこまれていく。

「ゆっくりやで。」

「わかってるって。」

そっと棒《ぼう》を持《も》ちあげてみる。

ぐいと引きとめるような手ごたえが返《かえ》ってくる。エサをにがすまいと、しっかりと食らいついたのだ。ザリガニの釣《つ》りに針《はり》は使《つか》わない。だからエサをしっかりとかかえこんだ瞬間《しゅんかん》に、さっと陸《りく》に引きあげないといけない。

もう少しだけ棒《ぼう》を持《も》ちあげてみる。

相手《あいて》はエサを放《はな》すどころか、ぐいぐいと引きこもうとする。

「今だ！」

えいっとばかりに仕《し》掛《か》けを一気に引きあげた。

地面《じめん》に放《ほう》りだされたのは、赤黒く色づいたハサミをふりかざした大物《おおもの》。背《はい》後《ご》にまわって、ハサミのつけ根《ね》をつまんで持《も》ちあげた。かたい甲殻《こうかく》に身《み》をつつみ、大きなハサミを武器《ぶき》に、こいつは川でひとりで生きぬいている。静《しず》かなる勇者《ゆうしゃ》だ。野生のチカラだ。

「お、やったな。なかなかのもんや。」

くやしがるふうでもなく、よゆうの笑顔《えがお》。

ぼくはバケツの底《そこ》に釣《つ》ったばかりのザリガニを置《お》いて得意満面《とくいまんめん》になる。い

つも先に釣《つ》りあげるのはヒロアキだった。そんなことを考えていると、

「お、やっと釣《つ》ったんやな。」

と声がして、そこにテツヤが立っていた。

「ちょっとやらせてくれや。」

そう言うが早いか、こちらが返事《へんじ》をするまもなく、棒《ぼう》をひったくって釣《つ》りはじめた。じゃまなイヌはぼくにあずけられた。

すぐにアタリがあって、同じくらいリッパなやつを釣《つ》りあげた。

「どーや。うまいもんやろ。」

ぼくとテツヤは交代《こうたい》で釣《つ》ることにした。

やがてヒロアキにもアタリがあった。

「来よったで、オオモンや。」

と言いながら、だれよりもスゴイのを釣《つ》りあげたのだった。

そうして日が暮《く》れるころには、バケツいっぱいのザリガニが釣《つ》れていた。そろそろ宿題《しゅくだい》をしに帰ろうかということになって、ぼくたち三人は腰《こし》を上げる。エイッとばかりにバケツの中身《なかみ》を川に投《な》げはなった。ザリガニの雨がばしゃばしゃと川面《かわも》にふりしきる。テツヤはおそくなりすぎたから怒《おこ》られると、いやがるイヌを引きずるようにして帰っていった。

その後《うし》ろ姿《すがた》を見おくると、ぼくたちも歩きだした。

すっかり暗《くら》くなったあぜ道を帰っていると、

「ザリガニ釣《つ》りはおもしろいけど、もっとおもろい釣《つ》りしようや。」

と、ヒロアキが口を開《ひら》いた。

「もっとオモロイ?」

よくわからない顔を返《かえ》すと、

「奥《おく》の沼《ぬま》で釣《つ》るんや。」

と、広大な田畑《たはた》の奥《おく》のほうを指《ゆび》さした。まだ行ったことがない、ウワサの大きな沼《ぬま》があるはず。

「そんなところでなに釣《つ》るわけ?」

「バケモンがおるらしい。」

ウワサのアイツのことだろうか。

「でっかいトノサマガエルをガバっとひとのみにする魚がおる。大蛇《だいじゃ》の頭を持《も》った魚らしいで。」

その姿《すがた》を想像《そうぞう》して、ぼくは思わず身《み》ぶるいした。

「な、おもろそうやろ。こんどは、そいつを釣《つ》りにいこうや。」

ニヤリとした顔を向《む》けてくる。

そんなもの、ほんとうに釣《つ》れるものなのか。

「それ本気なの？」

そんな気味《きみ》の悪《わる》い魚など釣《つ》りたいとは思わなかったけれど、その魚がどんなものか、ちょっとだけなら見てみたい気もした。

「どうや、釣《つ》る気あるんか。それともおじけづいたんか。どっちやねん？」

「うーん、いいけど。」

「よっしゃ。とくべつに大きな仕掛《しか》けを作らんとな。ゼッタイに行くんやで。」

たしかめるようにこちらを見た。

「わかったよ。」

「ええか、約束《やくそく》やで。」

ぼくたちはゲンコツをぶつけあった。

五　ぼくのシッパイ

雨の日が続《つづ》いていた。
その日は日曜だというのに、ことさらひどくて、朝からモウレツに降《ふ》りしきっていた。
することもなく窓《まど》から外をながめていると、どこからともなく地ひびきさせながら重《おも》い音が近づいてきて、滝《たき》のような雨の向《む》こうに黒い大きな影《かげ》があられた。それはおそろしい巨人《きょじん》の隊列《たいれつ》のように、つぎからつぎにやってきては、住宅地《じゅうたくち》のせまい道を田畑《たはた》のほうへと向《む》かっていく。見あげるほど土を山積《やまづ》みにしたダンプカーは、やがて荷台《にだい》を空っぽにしてもどってくると、また家の前を走りぬけて雨の奥《おく》へと消《き》えていった。一日中、そんなことが続《つづ》いた。

そうして一週間たっても、それは終《お》わらなかった。

ぼくたちの遊《あそ》び場だった田畑《たはた》は、見わたすかぎりの埋《う》めたて地になってしまった。

お母さんの話では、工事《こうじ》は始《はじ》まったばかりで、これからもずっと続《つづ》くとのこと。そして埋《う》めたて地で遊《あそ》ぶことは学校で禁止《きんし》にされてしまった。とうぜん池や小川にも埋《う》めたて工事《こうじ》が入るのだ。ぼくはザリガニのことが心配《しんぱい》だった。あのウワサの大きな沼《ぬま》のことも気になった。こっそりたしかめに行こうかと、本気で考えはじめていた。

そんな思いでいると、テツヤがやってきて、本格的《ほんかくてき》な工事《こうじ》が始《はじ》まる前に、もう一度《いちど》だけザリガニ釣《つ》りに行こうと言いだした。この前に大きいのが釣《つ》れたので、それがわすれられないらしい。ぼくはカエルを料理《りょうり》できないので、ヒロアキをよばなければならないと言った。それにはちょっとイヤな顔をしたが、大物《おおもの》を釣《つ》るためにはしかたがないと、テツヤはあきらめたようだった。

そんなこんなで、工事《こうじ》が休みの日曜日に、三人で釣《つ》りに出かけた。

あぜ道はあとかたもない。地面《じめん》にくっきりと残《のこ》された、大型《おおがた》ブルドーザーのキャタピラのあとに足をとられながら、苦労《くろう》して小川までたどりつく。

さいわいにして、小川はまだ埋《う》めたてが進《すす》んでいなかった。

「ここのザリガニもカエルも、もうすぐ殺《ころ》されてしまうな。」

いまいましげなヒロアキの舌打《したう》ち。

「フナ釣《づ》りをした池も、そのうちに埋《う》めたてられる。奥《おく》の沼《ぬま》も埋《う》められて、いっぱい家が建《た》つんや。あの魚も死《し》んでしまう。」

あのおそろしい魚のことを考えていると、ぼくにはわかった。

みんなで最後《さいご》のザリガニ釣《つ》りを楽しんだ。

国語の宿題《しゅくだい》は作文だった。

楽しかったことを書くというテーマである。

ひとりずつ前に出て作文を読みあげていく。先生が短《みじか》い感想《かんそう》をくれる。ぼくの番がまわってきて、最後《さいご》のザリガニ釣《つ》りの作文を読みあげた。

みんなおもしろがって聞いてくれた。

エサにするカエルを料理《りょうり》するところでは、みんなはおどろきの顔をヒロキに向《む》けた。テツヤが足をすべらせて川に落《お》ちたところでは、腹《はら》をかかえて教室中が笑《わら》いころげた。大物《おおもの》すぎて引きずりこまれたとテツヤは言いわけしたのだった。

思いのほか、みんなが喜《よろこ》んでくれたので、ぼくは大満足《だいまんぞく》で席《せき》に着《つ》いた。

「あんたスゴイな。作文うまいんやな。うちびっくりやわ。」

となり席《せき》のアヤカが興奮《こうふん》ぎみに顔を赤くした。

「まあ、そうでもないけど。」

得意《とくい》げに返《かえ》すと、

「でも、ちょっとだけ心配《しんぱい》やわ。」

と、カワイイ顔がくもった。

「え、なにが？」

仲《なか》のいい女子たちがするように、両手《りょうて》でぼくの耳をおおって、こうささやいた。

「あの先生、ユーズーがきかん。おまけにイジッパリ。」

「意地《いじ》っぱり？」

「気ィつけや。」

なんのことかと目をぱちくりさせていると、山中《やまなか》先生の声がして、アヤカの顔がさらに心配《しんぱい》そうになって、こちらに向《む》けられた。

「今の作文はよく書けていました。楽しい日曜日だったのが伝《つた》わってきました。でも、ひとつだけ気になることがあります。」

先生のきつい視線《しせん》がぼくをとらえる。

「あそこは、子どもたちだけで遊《あそ》びにいくのは禁止《きんし》されていたはずですよね。だれか大人《おとな》がいっしょでないと、行ってはいけないことになっています。それは知っていたんですよね？」

アッと言ったきりで言葉《ことば》を失《うしな》った。

そういえば、そうだったかもしれない。でもそんなことは、べつにどうってこともない。たいしたことではないはず。

「禁止《きんし》なのは知っていたはずですね？」

はっきりと確認《かくにん》するようにくりかえされる。

楽しかった最高《さいこう》の釣《つ》りがどんどん色あせて、ちっぽけなものにされていく。

「あなたたち、三人だけで行ったのですか？」

正直に答えようとすると、さえぎるようにテツヤが立ちあがった。

「いいえ、ちがいます。ぼくはお父さんといっしょでした。」

「それはほんとうですか？」

「はい、お父さんを入れて四人で行きました。」

「ほんとうに、ほんとうですね？」

「はい、ほんとうです。」

先生はこちらに向《む》きなおった。

「テツヤ君はそう言っていますが、そのとおりなんですね？」

さぐるような目つきで、こちらのことをじっと見た。

「あのう……。」

ぼくは言いかけて、はたと気がついた。

テツヤは助《たす》け船を出したのだ。

自分とみんなを助《たす》けるために、ウソつきを買ってでたにちがいない。もしここで「ちがいます」と答えようものなら、テツヤひとりがウソつきにされて「平気《へいき》でウソをつくやつ」という目でしか、みんなはテツヤのことを見なくなる。

もし「はい、そうです」と助《たす》け船に乗《の》ったなら、だれにも迷惑《めいわく》をかけることはないけれど、ぼくたち三人の思い出が泥《どろ》にまみれてしまう。

ウソは悪《わる》いことだと単純《たんじゅん》に思わされ、そう信《しん》じて毎日を送《おく》っていた一年生のようにはいかないのだ。なにかを守《まも》るために、ときにウソが必要《ひつよう》なくらい、五年生のぼくにはわかっている。大人《おとな》は平気《へいき》でそうしている。でも三人の思い出を、自分のウソでけがしてしまうのだけは、ゼッタイゆるせなかった。

ヒロアキの思いも同じだろうかと目を走らせると、腕《うで》ぐみをしてぷいと窓《まど》のほうを向《む》いた。すぐに先生の声が飛《と》んできた。

「なにを考えているのですか？　ちゃんと先生のほうを見て正直に答えなさい。」

うつむいたぼくの目から、いきなりぼろぼろと涙《なみだ》がこぼれおちて、自分でもびっくりした。

ひそひそ声が教室のあちらこちらでわきあがる。

自分で泣《な》くわけがわからなかった。ただくやしかった。

きらわれもののヒロアキもいっしょに三人で仲《なか》よく釣《つ》りをして、今までだれも見たことがないくらいの、みごとな大物《おおもの》ザリガニを釣《つ》りあげたというのに。これほどほこらしく自慢《じまん》できる話はないはずなのに。よくやったねとほめてもらえこそすれ、ケチをつけられるものではない。

工事中《こうじちゅう》は危険《きけん》なので禁止《きんし》なのはわかるけれど、あの日は日曜日で工事《こうじ》は休みだった。

それに、ほんとうに危険《きけん》かどうかは、じっさいにその場に行ってみればわかることで、ぼくらはそれがわからないほどバカじゃない。先生はまったくぼくたちのことを信用《しんよう》してくれていない。もしケガしたら、それは自分の責《せき》任《にん》だ。

そんな思いがつぎからつぎにうかんできたが、うまく言葉《ことば》にならなかった。

それが歯《は》がゆかった。自分が情《なさ》けなかった。

くちびるをかんで、だまりこんだぼくを見て、先生はこまった顔になった。

「泣《な》いていてもわかりませんね。どうなんですか？」

ぼくはなにも言いかえせないで、手で目をこすりつづけるしかできなかった。

ふと中庭《なかにわ》の池を思いだした。自分は金魚のふりをして群《む》れにもぐりこむことさえできないのだ。

「もう、いいです。着席《ちゃくせき》しなさい。」

まだ座《すわ》ってはいけないと思った。ここで座《すわ》っては負《ま》けだと思った。

「いいから着席《ちゃくせき》しなさい。」

あきれたような先生の声。

アヤカがそっとぼくの腕《うで》を引っぱって、

「ね、座《すわ》ろ。ね？」

と、やさしくつぶやくようだった。それでも、こおりついたように動《うご》けなかった。

「着席《ちゃくせき》と言うのが聞こえませんか。」

命令《めいれい》するように、きっぱりとそう言ったときである。

「アホか先生。あんたの目は節穴《ふしあな》か。おれらは三人だけで行ったんやぞ。作文にそう書いてあったやろ。あいつにいったい、なにを答えさせたいんや。」

最後《さいご》にヒロアキが大きな声を出したのだった。

その日の放課後《ほうかご》、ぼくは中庭《なかにわ》の池の前に、ひとりでたたずんでいた。わがもの顔の金魚の群《む》れを見ていると、かわいくないどころか、にくしみさえわきあがってきて、ムチャクチャにしてやりたくなった。それはおさえきれない衝動《しょうどう》になった。石をひろっては、つぎつぎと力まかせに投《な》げつけた。はげしく水しぶきがあがった。男の先生のどなり声がした。ふりかえることもせずに走ってにげた。

六　うらぎり

つぎの日から、テツヤはこちらのことをまったくムシするようになった。あやまろうと教室で話しかけても返事《へんじ》すらしなかった。

それどころか、あきらかにこちらをさけていて、ぼくがろうかを向《む》こうから歩いてくるのが見えると、くるりとまわれ右をして走って消《き》えていった。ぼくがトイレにあらわれると、あいつは手も洗《あら》わずにあわてて出ていった。

テツヤの気持《きも》ちは痛《いた》いほどよくわかった。

ヒロアキとは、なんとなく気まずくなった。

こちらから話しかけると返事《へんじ》はしてくれるが、どこかよそよそしい。

うっかりとはいえ、ナイショにすべき釣《つ》りを、こともあろうに作文にして先生に提出《ていしゅつ》してしまったのだ。信用《しんよう》できないやつというレッテルをはられても、文句《もんく》が言えるものではなかった。それどころか、きっとヒロアキは、ぼくにうらぎられたという思いを持《も》っただろう。

テツヤのことはどうしようもなかったけれど、ヒロアキとうまくいかなくなったのは、やはりつらかった。今回のことでもハッキリしたけれど、あいつは自分をごまかさない。だからみんなとぶつかることも多いのだ。そんなやつだから、ぼくがしでかしたシッパイについて、ひどく怒《おこ》ってきてもよさそうなのに、でもなにも言わないのだ。きっとひどく傷《きず》つけてしまったんだ。

そんなことを考えていると悲《かな》しくなってくる。

うっかりな自分をゆるせない思いが、つのるばかりだった。いずれにせよ、自分のせいでテツヤとヒロアキにきらわれてしまった。


しかし、アヤカだけは、なぜかぼくにやさしくなった。

いつものように放課後《ほうかご》の中庭《なかにわ》でひとりぼんやりしていると、やってきて、すぐ横《よこ》にならんで、いっしょに池の金魚をながめだした。そして出しぬけに、こう切りだした。

「もう、あんな連中《れんちゅう》とつきあうのは、やめたほうがええで。」

ぼくはびっくりして、すぐに返事《へんじ》ができなかった。

「なんもムリして、あんな連中《れんちゅう》に合わすこともないやろね。」

なにを言っているのか、よくわからない。

アヤカのすんだ大きな目が、まっすぐにこちらの目をとらえていた。

「あんたは勉強《べんきょう》もできるし、ドッジボールもうまいし、作文もできるし。もっとちゃんとした男子と遊《あそ》んだほうがええと思う。それができる人やと思う。それやのに、なんでそうしないん?」

思いもしなかった言葉《ことば》に、ますますなんと答えていいのか、わからなくなった。

「もしそうしてくれたら、うち、うれしいかも。」

どうしてアヤカがうれしいわけ?

ぼくの頭はひどく混乱《こんらん》するばかり。

「うち、くやしいんや。ヒロアキやテツヤなんかと、あんたが同類《どうるい》と思われるのが。だから、もっとまともな男子とつきあったほうがええと思う。そうしないと、どんどん悪《わる》いほうへ引っぱられてしまうんやで。なあ、どう思うん？」

カンちがいしているのだと、ぼくはやっと気がついた。

今回の作文の一件《いっけん》で、ヒロアキが禁止《きんし》されている池にぼくをさそったのだと、アヤカはカンちがいしている。さそったのは自分だった。

どうしてみんなはヒロアキが悪《わる》ものだと決《き》めつけるんだ。

以前《いぜん》に、もっと勉強《べんきょう》ができる、まともな友だちと遊《あそ》んだらどうかと、母親が言ったことがあった。そうかもしれないと思いかけたこともあったが、親に言われるとカチンときた。みんなが悪《わる》く言うから、あいつをかばってしまうのか。それとも、あいつの悪《わる》いうわさを耳にするたびに、この人たちには見えていない、あいつのほんとうのところに気づかされるからなのか。

しかしこれだけは言える。

ヒロアキはみんなが思うようなやつじゃない。ただ自分に正直なだけ。よい子の顔をしているみんなだって、ひと皮《かわ》むけば同じのはず。金魚の群《む》れの中で同じ顔をしてみせているだけ。

そう考えたけど、でもアヤカにせまられると、ちょっとつらかった。


「な、どう思うん?」

と、ぼくの耳もとでまた声がした。

肩《かた》まである髪《かみ》がサラサラで、大きな目がクリクリで、笑《わら》えばエクボで、そんなアヤカにだけはきらわれたくなかった。いや、それどころか好《す》きになっ

てほしい。そんな思いが強く胸《むね》にわきあがってきた。

「そのとおりかもしれない。お母さんにも言われたことあるんだ。」

その瞬間《しゅんかん》、ぼくはヒロアキをうらぎった。

みんなと同じように、あいつを悪《わる》ものにした。そうすることによって、みんなの群《む》れに晴れてむかえられ、この新しい学校になじんだことになる。仲《なか》間《ま》だというレッテルをはってもらえる。テツヤをウソつきにし、ヒロアキを悪《わる》ものにして、自分だけがよい子になる。アヤカも好《す》きになってくれる。べつにこれぐらいのこと、だれもがやっていることで、ぼくだけじゃない。

「アヤカの言うとおりだよ。」

「よっしゃ、これで決《き》まりやね。」

と、小指《こゆび》を鼻《はな》の前に立ててエクボが笑《わら》う。

ぼくたちは指切《ゆびき》りをした。

そんな子どもじみた楽しいことが、ぼくから後ろめたさをうすめていく。

池に目をやると、今は金魚の群《む》れが心なごませるようだった。

「うち、これから図書室に寄《よ》っていくけど、ねえ、つきあってくれへん？」

もちろん一も二もなくうなずいた。


校舎《こうしゃ》の一階《いっかい》のいちばん奥《おく》に図書室はあった。ここに入るのは初《はじ》めてだった。まだ多くの人が残《のこ》っていて、長《なが》テーブルで読書をしたり、本棚《ほんだな》を見てまわったりしていた。宿題《しゅくだい》をしているのもいた。放課後《ほうかご》の校舎《こうしゃ》は、みな家に帰って静《しず》かなのに、これだけ多くが残《のこ》っているとは思わなかった。この群《む》れにもムリなく入りこめたのだと、心が広がる思いがしてきた。これもアヤカのおかげだと感謝《かんしゃ》した。学校のすべての場所《ばしょ》がぼくを受《う》けいれてくれている。こんな世界《せかい》があったのだとわくわくしてきた。

「この本、読んでみたら？　男子に人気あるんやで。永遠《えいえん》の名作や。」

アヤカは一冊《いっさつ》をすすめる。

「海底《かいてい》二万マイル？」

潜水艦《せんすいかん》の冒険《ぼうけん》もので、船長が孤独《こどく》な戦《たたか》いをするという。

「二冊《にさつ》借《か》りられるから、こっちも古いけど男子に人気やで。」

そう言って、タイムマシンという本を出してくる。

受付《うけつけ》の図書係《としょがかり》の六年生が、貸出《かしだし》カードを作ってくれた。それは図書室という群《む》れにむかえられる魔法《まほう》のパスポートに思えた。そしてジュール・ベルヌという作家と、ウェルズという作家を知ることになり、かれらの作品《さくひん》にのめりこんでいった。

ぼくは毎週のようにアヤカと図書室に行っては本を借《か》りた。本の感想《かんそう》を、おたがい話すのが、ほんとうに楽しくて夢《ゆめ》のようだった。

それだけではなかった。

気がつくと、クラスのだれとでも気楽《きらく》に話ができるようになっていた。クラスでいちばん人気のアヤカが、ぼくを受《う》けいれたのをみんな見ていたのだ。スイミングスクールにも通うようになって、そこに同じクラスの男子たちがいて仲《なか》よくなった。そしてヒロアキと遊《あそ》ぶことはなくなった。小川にも池にも、もう行くことはなかった。

そうして日々が流《なが》れていった。

七　ザリガニの絵

きょうの図画工作の授業《じゅぎょう》は写生《しゃせい》だった。

教室の中央《ちゅうおう》にテーブルが置《お》かれて、フルーツが盛《も》られた大皿《おおざら》がふたつあった。みんなはテーブルを囲《かこ》むようにして、めいめいが好《す》きな場所《ばしょ》に陣《じん》どった。

「しっかりと観察《かんさつ》して、写生《しゃせい》をしましょう。」

山中《やまなか》先生がそう言って授業《じゅぎょう》が始《はじ》まった。

しばらくはぺちゃくちゃとにぎやかだった。やがてみな写生《しゃせい》に夢中《むちゅう》になっていく。ぼくはアヤカのとなりで一心《いっしん》に絵具《えのぐ》を使《つか》った。

いつまでたっても、ひとりだけ、口の中でぶつぶつ言いつづけているやつがいる。

「だまって描《か》けんのか、うるさいやっちゃ。」

と、聞こえないように、そっとつぶやく声がどこかでした。それを合図に、みんなはヒロアキのほうを見てくすくす笑《わら》う。

あいかわらずだなと、ぼくもいっしょになってくすりと笑《わら》ったが、それからは、なんとなくヒロアキのことが気になって、ときどき顔を上げて、そちらに目を走らせた。

しばらくしてやっとおとなしくなったと思ったら、ヒロアキはとつぜん大きなバッテンを描《か》くと、すごい勢《いきお》いで画用紙をうらがえしてなにかを描《か》きはじめた。

できあがってみると、それは大きなザリガニの絵だった。

こちらに向《む》かってハサミをふりあげ、全身《ぜんしん》にチカラがみなぎっている。野生のチカラが、そのまま絵になっている。ぼくはその秘《ひ》められたチカラを感《かん》じることができる。

しかし、その絵は教室の後ろにはりだされることはなかった。選《えら》ばれた絵は、どれもきれいに描《か》かれていたがチカラのない絵に見えた。


ぼくは気になっていた。

どうして、ザリガニの絵が選《えら》ばれなかったのか?

あいつがいつものように勝手《かって》なことをしたせいかもしれない。そうは言っても、ほかのどの絵よりも生き生きとしている。それに気がつくと、ぼくはくやしくてたまらなくなった。

どうしてヒロアキの絵をちゃんと見てやらないのか。

ひょっとして先生は絵がわからない大人《おとな》？

いや、先生は意地《いじ》をはっている。写生《しゃせい》の時間に写生《しゃせい》をしなかったから。

もしそうなら、ゆるせない。スゴイものはスゴイと正直に見ないといけない。たとえそれがだれの絵であろうと、写生《しゃせい》でなかろうと。

ぼくはまちがってる？

いや、どう考えてもおかしいとしか思えなかった。

ぼくは決心《けっしん》して、職員室《しょくいんしつ》まで行くことにした。

釣《つ》りの作文のことで、アヤカにほんとうのことを言わないで、それで群《む》れにむかえられた。だから、ヒロアキにたいして後ろめたい気持《きも》ちが尾《お》を引いていたかもしれない。

そんなぼくに向《む》かって先生は口を開《ひら》いた。

「あなたの言うことはわかりますが、でも、ちょっとちがうと思いませんか。自由《じゆう》に描《か》いていいときにザリガニを描《か》くのはいいですよ。けれども、今回は目の前のものを写生《しゃせい》するのが勉強《べんきょう》だったんです。そうでしょ？　もう五年生なんだから、しめしがつきませんね。」

しめしってなに？

そんなわけのわからないもの、どうでもいい。

絵としてどう思うのかと、ぼくは聞いた。

「ずいぶんごつごつしたきたない線だけど、まあ、よく描《か》けているほうです

ね。」

と、今さらべつにどうでもいいような言いかたをした。もう関《かか》わりたくないという顔だ。

野生のチカラというものは、この若《わか》い先生にとってはキモチワルイものにすぎないだろうか。それとも学校というところは、先生の言うことをみんなと同じようにやらないと、よい目で見てもらえないのか。

ぼくは腹《はら》が立った。そして悲《かな》しくなった。

「アホか先生。あんたの目は節穴《ふしあな》か！」

ぼくはヒロアキと同じことを心の中でさけんでいた。

次《つぎ》の日から先生の顔を見るのもいやだった。

きっと向《む》こうだってそう思っている。

ぼくは以前《いぜん》にお父さんが言った話を思いだした。

「学校というところはテキトーにやってればいいんだぞ。勉強《べんきょう》だけきちんとやってれば、あとはみんなにテキトーに合わせておく。とくに先生にはそうしろ。それでいい。意地《いじ》をはるな。学校なんてただの通過点《つうかてん》にすぎん。」

学校になじめずにいた、ぼくに向《む》かっての忠告《ちゅうこく》だった。それはお父さんのやさしさかもしれなかった。そのときはイヤな話だと反発《はんぱつ》したが、ひょっとしてそうなのかもしれないと、今あらためて思う。みんなきっとそうしているのだ。そのほうが楽なのだ。

でもお母さんはあとからやってきて、

「テキトーはダメよ。あなたはね、マジメで一生懸命《いっしょうけんめい》なのがとりえなの。なかなかそれが相手《あいて》には伝《つた》わらないけど。でもね、自分が正しいと思うことをつらぬきなさい。まわりがみんなズルしても関係《かんけい》ないでしょ。それはちっともカッコウ悪《わる》いことではないし、それこそが生きていくチカラになるんですよ。学校を卒業《そつぎょう》して社会に出ればわかることだけど、あなたのような人間が必要《ひつよう》なんです。社会を正したり、新しい発見《はっけん》をしたりするのは、そういう人たちです。お母さんは見まもっていますからね。」

とたしなめ、はげましたのだった。

そんなことをあれこれ考えていると、ぼくはどうしていいかわからなくなってしまった。

その日から、中庭《なかにわ》の金魚の群《む》れを見ても、以前《いぜん》のように心なごむことがなくなった。かわりに、すみっこのザリガニに静《しず》かなる野生のチカラを感《かん》じ、それに引きよせられていった。同時に、自分の中でくすぶりつづけていたお母さんの言葉《ことば》が、めらめらと炎《ほのお》になって心を焼《や》きはじめ、それが苦《くる》しくて、にげるようにアヤカとの読書にのめりこんでいった。エクボのかわいい笑顔《えがお》だけが、ぼくを救《すく》うすべてだった。

いつしか、教室でヒロアキの姿《すがた》を見かけることが少なくなっていった。

八　沼《ぬま》の怪魚《かいぎょ》

「みなさんにお知らせがあります。しばらく学校を、お休みすることになりました。」

山中《やまなか》先生の話は、ぼくにはあまりにとつぜんすぎた。

「先生がですか？」

すぐにだれかが聞く。

「いいえ、ちがいます。」

放課後《ほうかご》の教室は、しばらくざわついたあと、静《しず》まりかえった。

「健康上《けんこうじょう》の理由《りゆう》で、ヒロアキ君《くん》が入院《にゅういん》することになりました。」

なんの病気《びょうき》ですかと遠慮《えんりょ》のない声が飛《と》んだ。

「心臓《しんぞう》に病気《びょうき》が見つかって、手術《しゅじゅつ》を受《う》けることになったと、お母さんから連《れん》絡《らく》をもらいました。」

どうやって手術《しゅじゅつ》するんですかと、またまだれかが聞く。

「胸《むね》の骨《ほね》を切ってする大手術《だいしゅじゅつ》だそうです。」

教室が大きくざわめきたった。

ノコギリで骨《ほね》を切りとって、動《うご》いている心臓《しんぞう》があらわにされる。それを想《おも》うと、ぼくの心臓《しんぞう》もしくしくと痛《いた》みだした。そして、カエルを料理《りょうり》したときの、あのお腹《なか》の中のぐちゃぐちゃしたものがよみがえってくる。それで気持《きも》ち悪《わる》くなるだけでなく、ヒロアキは死《し》ぬのかもしれないと、こわくなった。

「先生からみなさんに提案《ていあん》があります。みんなで元気づけようと思います。今から、この紙をまわしますから、寄《よ》せ書きをしましょう。みなさんの気持《きも》ちを病院《びょういん》まで届《とど》けにいきますから。」

病院《びょういん》の名前を言ってから画用紙を一枚《いちまい》とりだした。

やがて、ぼくのところに紙がまわってくる。

早く元気になってね……。

また学校で会えるのを楽しみにしています……。

そんな言葉《ことば》が目に飛《と》びこんでくる。

どこまで本気で書いたんだろうと疑《うたが》いたくなった。形だけの見えすいた言《こと》葉《ば》が、ただ書きつらねてあるだけに思えた。

ほんとうはいつも心配《しんぱい》していました……。

というのもあったが、ウソっぽすぎた。きらいな友だちが病気《びょうき》になったときに、やさしくなれる自分が大人《おとな》だとイイ気になっている。どれもこれもそうだ。そんな言葉《ことば》たちの集《あつ》まりが、きちんとならんだ金魚の群《む》れのようだ。こんな寄《よ》せ書きを見たら、あいつはきっと気分が落《お》ちこんでしまう。それがぼくにはわかる。

自分だけは正直に書こうと決《き》めた。

ところがサインペンをにぎったまま、ひと言も書けないどころか、息《いき》をするのさえ苦《くる》しくなってきた。

うらぎりものの自分に、いったいどんな言葉《ことば》が書けただろうか。


ぼくが紙を前にしてかたまっていると、こんな声が、教室のどこからともなく聞こえてきた。

「なあ、おれらって、けっこう大人《おとな》やなあ。」

それがなにを意味《いみ》するかぐらい、だれにだってわかる。心にもないことを書きつらねたことぐらいわかる。それが大人《おとな》？

「しばらくは平和《へいわ》やで。」

だれかのひそひそ声だ。

ついにぼくの全身《ぜんしん》がぶるぶるとふるえだした。

ペンを持《も》つ手がじっとりと汗《あせ》ばんでくる。つぎの瞬間《しゅんかん》、力いっぱい床《ゆか》にペンをたたきつけると、寄《よ》せ書きをまっぷたつに引きさいていた。

「いったい、どうしたん！」

アヤカのびっくりした声がすぐとなりでする。

ぼくの口から思いもしなかった言葉《ことば》が飛《と》びだして、自分でもひどくおどろく。

「ザリガニ釣《つ》りにさそったのはぼくだ。ぼくがヒロアキをさそったんだ！」

「え？　ちょっとぉ、なに言ってるん？」

「ヒロアキはちっとも悪《わる》くないんだよ！　それにザリガニの絵だっていちば

んすごかったじゃないか！」

それは教室中にひびきわたり、みんなの目がいっせいにこちらに向《む》けられた。寄《よ》せ書きをびりびりに引きちぎって投《な》げつけた。

先生のカン高い声が爆発《ばくはつ》する。

ぼくも爆発《ばくはつ》した。

「待《ま》ちなさい！」

という声をふりきって、ぼくはランドセルをひっつかんで教室を飛《と》びだし、正門の広い階段《かいだん》を走りおりて、向《む》かいの釣《つ》り道具屋《どうぐや》にかけこんだ。

息《いき》を切らしながら、いちばん大きな針《はり》と、いちばん太い釣《つ》り糸を買った。

「なんや、えらい勢《いきお》いやな。クジラでも釣《つ》るんか。」

やせたオヤジさんがびっくりした顔で、おつりを手わたしてくれた。

すべてをランドセルにつっこんで、家に向《む》かって走りつづけた。


ぼくは仕掛《しか》けを作る。

バケモンの魚の仕掛《しか》けを作る。

ぶっとい針《はり》が指《ゆび》にささって、血《ち》がぷっくりと出てたれた。薬《くすり》をぬるのも、もどかしい。

なにかにとりつかれたようにして準備《じゅんび》を終《お》えると、ぶかぶかのゴム長ぐつをはいて、うら庭《にわ》の物置《ものおき》から大きなバケツを引っぱりだした。

釣《つ》りザオとバケツを持《も》ち、大いそぎで自転車《じてんしゃ》にまたがり、家から飛《と》びだした。

東に連《つら》なる山々は夕陽《ゆうひ》をうけて明るくかがやいている。しかし埋《う》めたて地には早々《はやばや》と夜がおとずれつつあった。すべてが色をなくしてしずんで見えた。きょうの作業《さぎょう》を終《お》えた大型《おおがた》ブルドーザーやパワーショベルが黒々とした影《かげ》になって無言《むごん》でたたずんでいた。それは迷《まよ》いこんだ子どもを追《お》いはらう魔物《まもの》の番人のようだった。

まわりにだれもいないのをたしかめると、ありったけの勇気《ゆうき》をふるいおこして一歩をふみこんだ。おばけ沼《ぬま》だけは、どうかそのままであってほしいと願《ねが》いつつ。

ほんとうに人っこひとりいなかった。

風がふきぬけるばかりで、ぼくの知らないさみしい世界《せかい》がそこにあった。まっ暗《くら》になる前に沼《ぬま》にたどりつこうと、心細さをふりきるように早足になった。

ぐりっと足首から音がして、バケツがやかましい音を立てて地面《じめん》に転《ころ》げる。キャタピラのでこぼこの土に足をとられた。ひどい痛《いた》みで、足首にまったく力がはいらない。立ちあがれない。

こんなところでぐずぐずしているうちに、あいつは死《し》んでしまう。そんな思いが心臓《しんぞう》をわしづかみにした。

うめき声をあげながらも、なんとか立ちあがってバケツを拾《ひろ》いあげ、足を引きずりながら、やっとの思いで小川にたどりついた。こんなに遠かったのかと、さらに心細くなった。

みんなでワイワイさわぎながらザリガニ釣《つ》りをした川は、今や不気味《ぶきみ》な別《べつ》の顔を見せていた。もうここはおまえの来るところじゃないと言っている。

フナ釣《づ》りをした小さな池はすっかり埋《う》められて、あとかたもなかった。ヒロアキとの思い出もなにもかもが土の下だった。

岸《きし》ぞいの草むらを足でガサガサやると一匹《いっぴき》のカエルが飛《と》びでた。カエルだけは以前《いぜん》と変《か》わらずに、そこに生きていた。うれしくなって、釣《つ》りザオとバケツを放《ほう》りだし、足首をかばいながら、そいつを必死《ひっし》でつかまえにかかる。ヒロアキがつかまえたのと同じくらいリッパなトノサマガエルだ。手の中であばれているのを地面《じめん》に投《な》げつけた。気を失《うし》なったのをバケツに放《ほう》りこんで先をいそぐ。

どんどん奥《おく》へと歩いていく。

あたりはすっかり変《か》わりはてていた。緑《みどり》の竹林《たけばやし》も雑木林《ぞうきばやし》も消《き》えて、見わたすかぎり、黒っぽい土がおおいつくすばかり。

いったいどれくらい歩いただろうか。すっかり暗《くら》くなってしまい、心がくじけそうになったころにやっと沼《ぬま》があらわれた。見あげるくらい大きな土山《つちやま》が、高々と盛《も》りあげられてあるのが目に入ってきた。沼《ぬま》の水をぬいてから、この土で一気に埋《う》めてしまうのだ。その準備《じゅんび》が整《ととの》っていた。

ぼくは岸《きし》に立つ。

わずかな月明かりが水面《すいめん》を照《て》らしているすべてだ。

沼《ぬま》はしんと静《しず》まりかえり、得体《えたい》の知れないものがひそむ気配《けはい》に満《み》ちていた。暗《くら》やみになれた目で、太い釣《つ》り針《ばり》を、カエルのやわらかな白い腹《はら》に一気につきとおした。釣《つ》りザオをぐるりとふりまわすようにして、重《おも》い仕掛《しか》けを池に投《な》げこむ。ウキもなにもない。暗《くら》い水面《すいめん》にぽっかりとカエルがうかんでいるのが、かすかに見えるばかり。

「さあ、来い。」

ねらうのは大蛇《だいじゃ》の頭を持《も》った魚。

サオをにぎるぼくの胸《むね》の中を、不安《ふあん》がかすめていく。

自分はほんとうに釣《つ》りあげるつもりなのだろうか？

もし針《はり》にかかったら、どうすればいいんだ。はたして手でつかむことができるのか。気持《きも》ち悪《わる》くて、近づくことさえできないかもしれない。ここにはヒロアキもだれもいない。自分ひとりなのだと、あらためて思った。

心が負《ま》けそうになっていく。

闇《やみ》の荒野《こうや》をヒューッと風がおそろしげにひびいていく。ヘビ女のしのび笑《わら》いのよう。

気持《きも》ちを強く持《も》って、釣《つ》りザオをにぎりなおす。

しかし、いつまでたってもなにも起《お》こらなかった。

あれはたんなるウワサにすぎなかったのかもしれない。そう考えると、すぐにでも帰りたくなってきた。

いや、ゼッタイにいる。そう自分になんども言いきかせた。

こんなときヒロアキならどうやって釣《つ》るだろう?

考えをめぐらせたものの、途方《とほう》に暮《く》れるしかなかった。

迷《まよ》う心でぼんやりたたずんでいると、どこからともなく見えない手が、ぼくの手を持《も》ってサオを動《うご》かしはじめたように感《かん》じた。自分でそうしているのか、よくわからない。サオ先をチョンチョンとこきざみにあおって、カエルが泳《およ》いでいるように動《うご》かしている。しばらくそれを続《つづ》けているうちに、カエルは自分の力でのろのろと泳《およ》ぎだした。

そのときである。

おぞましい気配《けはい》が足もとからはいあがってきて思わず身《み》ぶるいがきた。その気配《けはい》は沼《ぬま》の沖《おき》からやってくる。

息《いき》を殺《ころ》して身《み》がまえる。

カエルのすぐ後ろの水面《すいめん》が、盛《も》りあがった。

音もなくカエルの姿《すがた》が消《き》えていた。

はっと気がついて、力いっぱいの合わせをくれた。

ズシンという重《おも》い手ごたえが返《かえ》ってきて頭の中がまっ白になる。それまでの心細さはいっぺんにふきとんでいく。

「来やがれ！　このバケモンめ！」

両腕《りょううで》に力をこめてサオをぐいと立てた。が、びくともしない。それでも全《ぜん》身《しん》であおると、ぐいぐいとものすごいチカラで糸を引っぱりはじめた。それは止めようとして止まるものではなかった。

いったいどうすればいいいんだ。

ぼくの頭は空《から》まわりするばかりだった。

なすすべもなく沖《おき》へ沖《おき》へと糸が引っぱられ、長い釣《つ》りザオが今にも折《お》れそうなくらいに引きしぼられて糸がビンビン鳴る。両足《りょうあし》をふんばって、池に引きずりこまれないように歯《は》をくいしばってたえた。

このすさまじい暴力《ぼうりょく》のようなチカラはなんだ！

どんなおそろしい生き物《もの》が、この糸の先に食らいついたんだ。

そいつとはたった一本の糸でつながっている。ぼくは暗《くら》い水底《みずそこ》にいる相手《あいて》に思いをはせた。


つぎの瞬間《しゅんかん》、バキッといやな音を立ててサオが折《お》れた。

すかさず釣《つ》り糸をつかんで、綱引《つなひ》きのようにあとずさりする。糸が切れたらおしまいだったが、そうするよりほかになかった。

糸が指《ゆび》にくいこんで血《ち》がにじむ。

それでもさらに力を入れると、沖《おき》で水しぶきがはじけとんで、おぞましい顔があらわれた。ふりきろうと頭をはげしくふりまわすさまが、ガツンガツンと糸を伝《つた》ってくる。あまりのおそろしさにぼくはこおりついた。

そのすきに、またぐいぐいと糸を引っぱって沖《おき》へ出ていく。

負《ま》けてたまるかと後《うし》ろ向《む》きに走った。そして、最後《さいご》のありったけの力を糸にこめた。

「えいっ！」

バシャンとはねてドタンと落《お》ちる音がした。その重《おも》みで太い糸がぷつりと切れた。

土の上では、黒くて太い丸太《まるた》のようなものがヘビのようにくねっていた。

近づいてみて、心臓《しんぞう》が止まりそうになった。

大蛇《だいじゃ》の頭から一メートルくらいで胴体《どうたい》をぶった切って、そこに魚の尾《お》ヒレをつけたような形をしていた。ヘビのような小さな眼《め》。てらてらとぬれて月明かりを反射《はんしゃ》するウロコ。こいつを自分の手でつかんでバケツに放《ほう》りこむと考えただけで、おぞましさで身《み》の毛もよだつ。

釣《つ》りあげはしたものの、ぼくはその場に立ちすくむしかできなかった。

そのとき、ヒロアキの顔がうかんだ。

「よし、待《ま》ってろよ！」

ぼくは死《し》にものぐるいで魚に手をかける。ぬるりと身《み》をくねらせたかと思うと、いともカンタンに手をふりほどいて地面《じめん》にどすんと落《お》ちた。それはものすごいチカラだった。

しばらくしてやっと気をとりなおすと、満身《まんしん》の力をこめて魚を腕《うで》にだきしめ、水を入れておいたバケツに落《お》としこんだ。大きすぎて入りきらない。飛《と》びださないように手でおさえながら、まっ暗《くら》になった帰り道をいそいだ。足首の痛《いた》みなんか、わすれた。

　住宅地《じゅうたくち》を自転車《じてんしゃ》で走りぬけると、広い道路《どうろ》をわたったところに大きな病院《びょういん》が建《た》っていた。

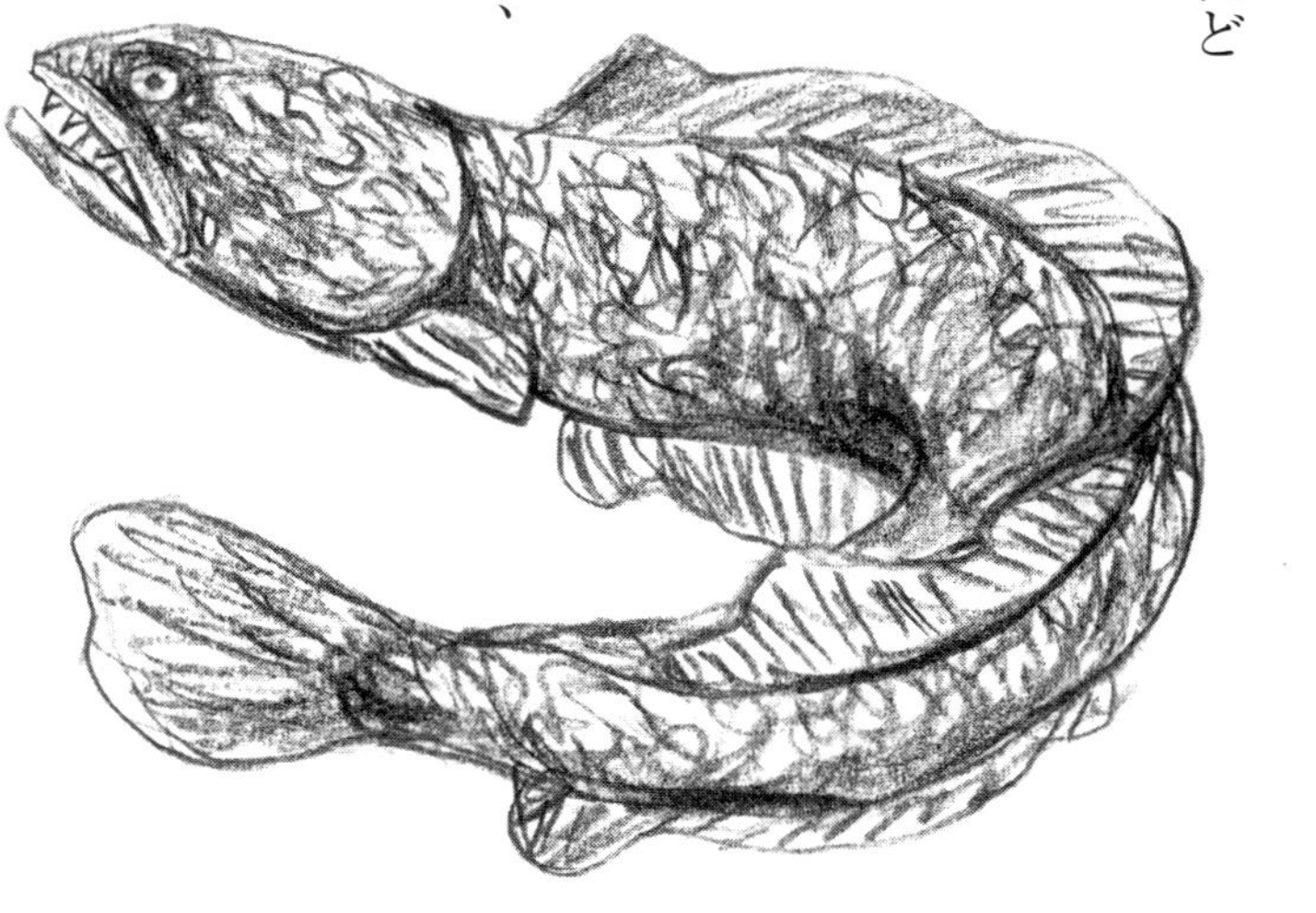

とちゅうでこぼしたため、バケツの水は少なくなってしまったけれど、魚はまだ生きている。いそがないと死《し》んでしまっては意味《いみ》がない。

そっとうら口《ぐち》から入って、階段《かいだん》の後《うし》ろにバケツをかくし、ナースステーションで看護師《かんごし》さんに聞くと病室《びょうしつ》はすぐにわかった。

またずっしり重《おも》いバケツをぶら下げて、エレベーターで五階《ごかい》まで上がる。じろじろ見られたが、そんなことを気にしている場合ではなかった。

めざす病室《びょうしつ》はすぐに見つかった。名札《なふだ》をたしかめて思いきってふみこむと、空のベッドばかりが目立った。みんな談話室《だんわしつ》にテレビを観《み》にいっているようだった。

がらんとした病室《びょうしつ》のすみっこで、ベッドのあいつは、うつろな目でこちらを見ていた。

それはちゃんと見えているのかわからないほど目に光がなかった。顔色もどす黒く、生命《せいめい》のぬくもりが感《かん》じられない。

「あれ、よう来てくれはったな。」

泥《どろ》のついた長ぐつで、大きなバケツを引っさげたぼくに、つきそいのお母さんはちょっとびっくりした顔になった。

「学校で仲《なか》よくしてくれるのは、あんたさんひとりだけやと、いつもヒロアキが話してましたわ。ほんまおおきに。」

「うるさいなあ、母ちゃんは、ジュースでも買ってきたらええやろ。」

はいはいと言いながら部屋《へや》から出ていった。

そのやせた肩《かた》を見おくりながら、お父さんはいないのかもしれないと、そんな勝手《かって》な思いが頭をかすめた。

「おい、なにしに来たんや。」

目だけでなく声までも死《し》んでいる。

「見舞《みま》いになんか来ていらんわい。さっさと帰れや。帰れ言うてるのがわからへんのか。」

と強がってみせた。

ぼくはだまってバケツを持《も》ちあげる。胴体《どうたい》の半分がバケツからはみでている。

「なんやそれ。」

のろのろとベッドから起《お》きあがってバケツをのぞきこんだ。

しばらく間があってから、

「す、すごいで。」

思わずつぶやくようだった。

ヒロアキは両手《りょうて》でぐいとばかりに魚をはさみこむ。と、持《も》ちあげようとしたが、相手《あいて》はいともカンタンに手をふりほどいた。

「な、なんやこいつは。まだ生きとるで！」

しばらくあっけにとられていたが、ベッドから下りてくると、こんどは腕《うで》に深《ふか》くかかえこんで、あばれるのを力ずくでおさえこむ。パジャマが泥《どろ》だらけになった。それでもかまわずに格闘《かくとう》したが、くねって腕《うで》からぬけでると床《ゆか》に落《お》ちてバタンバタンとはねまわった。

満身《まんしん》の力をこめて胸《むね》にだきかかえた。

「スッゲエー、ものすごいチカラや！」

興奮《こうふん》の声が病室《びょうしつ》にこだました。

やがて魚はおとなしくなり、ついにはぴくりとも動《うご》かなくなった。野生のチカラが魚からぬけでて、ヒロアキへと乗《の》りうつったようだった。

「こんなすごいのは初《はじ》めてや。おまえ、釣《つ》ったんか。」

と、ぼくの顔を正面《しょうめん》からとらえる。そのぎょろりとした目玉には、生命《せいめい》の光がもどってギラギラとかがやいていた。

「おまえ、あの沼《ぬま》に行ったんか？」

ぼくは人さし指《ゆび》を口にあててニヤリと笑《わら》う。

ヒロアキもぼくのまねをした。

九　卒業《そつぎょう》

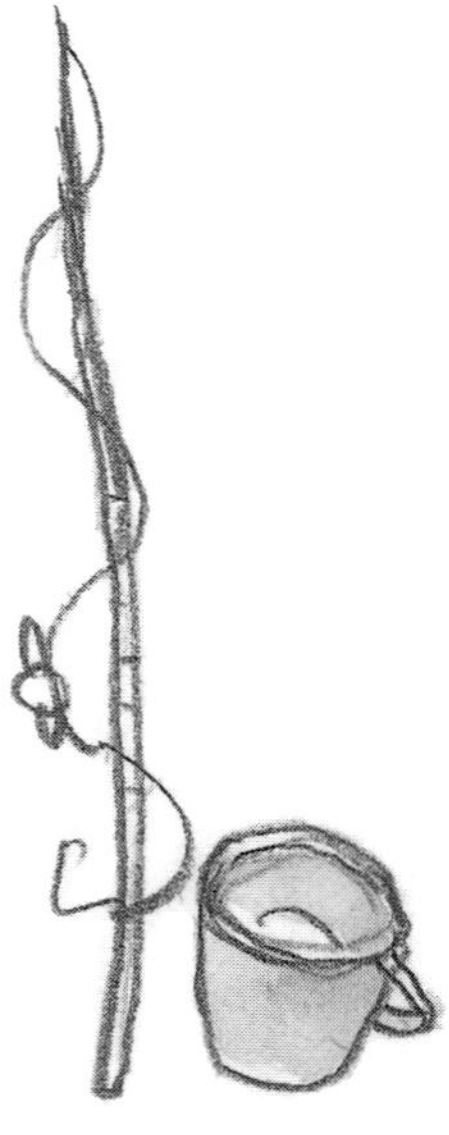

寄《よ》せ書き事件《じけん》のあと、教室を飛《と》びだしたぼくのことを「マジメに考えすぎやで」と白《しら》けたようにクラスのみんなは笑《わら》った。
そんなぼくを、初《はじ》めはみんな、どのようにつきあったらよいか困《こま》っていたようだけれど、それでも近所《きんじょ》のお祭《まつ》りに行くときなどには声をかけてくれるようになった。ぼくもそれを受《う》けいれて、さそわれるままにみんなと遊《あそ》んだ。
そうするうちに、ぼくの中でヒロアキのことが遠くなっていくのを、どうしようもできなくなっていった。弱りきった姿《すがた》を見るのがつらかったので、ほとんどお見舞《みま》いにも行かなかった。

その後、ヒロアキは大きな専門病院《せんもんびょういん》で治療《ちりょう》を続《つづ》けるために引っこしたと、先生は告《つ》げたのだった。

アヤカとの読書は続《つづ》いていた。あるとき、放課後《ほうかご》の図書室でこう言われた。

「あんたは変《か》わった。えらいシッカリしてきた感《かん》じやわ。」

もしほんとうなら、みんなが声をかけてくれるようになったわけが、わかった気がした。

「転校《てんこう》してきて、やっとこっちになれたのかもしれない。」

そうは言ったけれど、東京《とうきょう》にいたころのぼくはパッとしないどころか、思ったことを口にすることさえできなかった。ヒロアキとのことや、あのおそろしい魚との一件《いっけん》がぼくを変《か》えたのだ。

そうして、季節《きせつ》がいくつもめぐっていった。

卒業式《そつぎょうしき》の朝、ぼくはいちばんいい服《ふく》を着《き》せられて、いつもよりずいぶん早く家を出た。最後《さいご》の日なんだから、ぜったいに遅刻《ちこく》しないでねと、お母さんが前の夜からうるさかったのだ。そのくせ、お母さんはゆっくりで、式《しき》が始《はじ》まるまでに講堂《こうどう》に行けばいいのだという。

学校に向《む》かっていると、転校《てんこう》してからのできごとが、つぎからつぎに胸《むね》にわきあがってきた。二個《にこ》のシュウマイが始《はじ》まりだった。暗《くら》くなるまで夢中《むちゅう》で釣《つ》りをしたことや、ザリガニの絵が思いだされてくる。そんなことを考えながら歩いていると、気がつけばヒロアキの家へと足を向《む》けていた。

なつかしい思いに心がそめられながら、古ぼけた集合住宅《しゅうごうじゅうたく》の二階《にかい》へと上がった。サビだらけの鉄《てつ》の階段《かいだん》はそのままでも、表札《ひょうさつ》の名前は知らない人のものだった。

二階《にかい》のろうかに立てば、できたばかりの住宅地《じゅうたくち》が目に入ってくる。きれいに道路《どうろ》が整備《せいび》され、同じ形の家がぎっしりならんでいた。そこはかつて田畑《たはた》が広がり、小川や池があった場所《ばしょ》だった。ヒロアキという男子がいて、いっしょにフナやザリガニを釣《つ》った。そんなことなど、夢《ゆめ》でも見ていたのかと思えるほどの変《か》わりようだった。

胸《むね》にぽっかりと穴《あな》が空《あ》いて、すきま風がふきぬけた。

ぼくは学校の正門をくぐった。

ここに来るのも、きょうでおしまいなのだとの思いが胸《むね》をとらえた。

みんなはきれいな服《ふく》を着《き》て、卒業《そつぎょう》の喜《よろこ》びにあふれた顔で歩いている。ぼくはひとり中庭《なかにわ》へと足を向《む》けた。池の金魚は、あいかわらず、わがもの顔で群《む》れていた。

池のハスの葉《は》をそっと持《も》ちあげた。どこをさがしても、ザリガニが見あたらなかった。風船がしぼむように、ぼくの全身《ぜんしん》から力がぬけていった。と、そのときだった。

「さがしてるのはコイツやろ。」

ふりむくと、バケツを下げた、ひとりの男子が立っている。さしだした手には、あの大きなザリガニ。

「ヒロアキ……。」

あまりのおどろきに声がのどにつまって、口をぱくぱくするしかなかった。

「そんなにびっくりするのはシツレイや。おれはユーレイとちゃうぞ。」

バケツにザリガニを入れて、足もとに置《お》くと、いきなりぼくの胸《むな》ぐらをつかんでぐいと引きよせた。あの日のように青空と地面《じめん》がでんぐりがえって、どすんと背中《せなか》から落《お》とされた。その拍子《ひょうし》に、池や川で釣《つ》りをした日々がよみがえった。草むらのにおいまでした。

「やったな！」

やりかえそうとしたが、ふたりして池に転《ころ》がりおちた。いちばんいい服《ふく》も靴《くつ》もドロだらけになった。

「またトモダオレやで。」

中庭《なかにわ》にふたりの笑《わら》い声がこだましていく。

ONE AND

ぼくたちは、ならんで池のふちに座《すわ》りこんだ。しばらくして、しみじみと言った。

「あのスゴイ魚のおかげで、おれはこうして帰ってこられたのかもしれん。また釣《つ》りに行こうや。」

そうか、ヒロアキはまだ知らないのだ。

ぼくは、奥《おく》の沼《ぬま》まで埋《う》めたてられたことを話した。

ヒロアキはだまりこんで、遠くを思う目になった。と、つぎの瞬間《しゅんかん》、

「アホちゃうか。そんなこと、とっくに知っとるわ。となり町にも大きな沼《ぬま》があるんや。そこには、もっと大きなバケモンがおるらしい。その前に、このザリガニを沼《ぬま》に放《はな》して、自然《しぜん》にもどして自由《じゆう》にしてやる。どうや、いっしょに行くか？」

ぼくはびっくりして、そしてうなずいた。
ヒロアキは人さし指《ゆび》を口にあててニヤリと笑《わら》う。
ぼくもヒロアキのまねをした。

九　卒業

本書は、第二十四回小川未明文学賞優秀賞受賞作品『野生の力がのりうつる』をもとに、一部加筆、改稿したものです。

あとがき

ずいぶん前の話になりますが、ぼくに男の子が産《う》まれたときのことです。かけつけた病院《びょういん》で小さな赤ちゃんを腕《うで》にだきながら、ふとこんな思いが胸《むね》をとらえました。これからは子どもたちがのびのびと成長《せいちょう》するのがむつかしい時代《じだい》になる。ならば、子どもたちを勇気《ゆうき》づける話を書かなければ……。そんな思いで執筆《しっぴつ》を始《はじ》めました。そして今でも、それは変《か》わらずにぼくの胸《むね》をとらえたままです。

ぼくは小学生のころ、大阪《おおさか》の南部《なんぶ》に住《す》んでいました。そのころはまだ田畑《たはた》が多く残《のこ》り、大和川《やまとがわ》の堤防《ていぼう》まで見とおせるほどの広さがありました。ため池にはライギョという気《き》持《も》ち悪《わる》い大きな魚がいて、一メートルをこすのがいるとウワサがありました。それを物語《ものがたり》の怪魚《かいぎょ》のモデルにしました。ぼくが釣《つ》ったのは五十センチほどでしたが、それでもびっくりするくらいに力が強くて、ヒザのガクガクがいつまでも止まりませんでした。

自然《しぜん》が元気と勇気《ゆうき》をあたえてくれると、ぼくは思っています。野生のチカラが乗りうつるように感《かん》じられます。そんな思いが、ぼくにこの物語《ものがたり》を書かせました。この本の主人公《しゅじんこう》やヒロアキのように、みなさんの気持《きも》ちが元気になれば、うれしいです。

最後《さいご》になりましたが、第二十四回小川未明文学賞委員会《だいにじゅうよんかいおがわみめいぶんがくしょういいんかい》のみなさん、選考《せんこう》委員《いいん》の諸氏《しょし》（落合恵子《おちあいけいこ》さん、佐々木赫子《ささきかくこ》さん、ねじめ正一《しょういち》さん、宮川健郎《みやかわたけお》さん、小川英晴《おがわひではる》さん、小方桂子《おがたけいこ》さん）、心あたたまる絵をご提供《ていきょう》いただいた藤本四郎《ふじもとしろう》さんに、深《ふか》く感謝《かんしゃ》いたします。

著 中村 淳（なかむら・じゅん）
1954年、大阪府生まれ。横浜市在住。小説『風の詩』で第12回野性時代新人文学賞受賞、第95回芥川賞候補。『不思議な休日』が第９回開高健文学賞最終候補になる。本作品（原題『野生の力がのりうつる』）が初めての児童文学作品で、第24回小川未明文学賞優秀賞受賞。

絵 藤本四郎（ふじもと・しろう）
1942年、福岡県に生まれる。日本児童出版美術家連盟理事長。アニメーションの美術・演出にたずさわったのち、フリーのイラストレーター。『春さんのスケッチブック』（汐文社）、『ねこたち町』（アリス館）、『へんしん！　スグナクマン』（草炎社）ほか多数の装画・挿絵作品がある。『ねずみのえんそく　もぐらのえんそく』（ひさかたチャイルド）など、絵本作品も多数。風景画家としても活躍中。

協　　力　小川未明文学賞委員会
デザイン　宮川和夫
編集担当　門脇 大

ぼくたちのおばけ沼　「ひとりぼっち」の友情物語

2016年11月　初版第１刷発行

著　　中村 淳
絵　　藤本四郎
発行者　小安宏幸
発行所　株式会社汐文社
〒102-0071　東京都千代田区富士見1-6-1
TEL：03-6862-5200
FAX：03-6862-5202
http://www.choubunsha.com/
印　刷　新星社西川印刷株式会社
製　本　東京美術紙工協業組合

ISBN 978-4-8113-2318-3　NDC913